Philippe Dubath

Zidane und ich
Brief eines Fussballspielers an seine Frau

Aus dem Französischen von Claudia Steinitz

bilgerverlag

Liebe Nanon,
heute Abend habe ich Lust, dir von ihm zu erzählen und dir zu erklären, warum ich ihn liebe.

Warum ich morgens im Duft des letzten Kaffees und in der Eile des Aufbruchs manchmal keine Hand mehr frei habe, um deine Schulter zu streicheln. Die eine ist von der mageren Ledertasche besetzt, in der irgendwelche langweiligen Papiere schlafen. Die andere trägt einen prallen, schweren, voll gestopften Leinenbeutel, aus dem ein Geruch nach muffiger Feuchtigkeit und getrocknetem Schweiss aufsteigt. Ein Pulliärmel, der Saum eines Handtuchs oder ein erdiger Schnürsenkel baumeln heraus. Dieser Tag, das weiss ich, wird mir leicht werden: Ich habe ein Rendezvous, mit ihm.

Nein, ich habe keinen Geliebten, obwohl es wahrhaftig um Liebe geht. Zuneigung wäre zu schwach. Leidenschaft zu romantisch. Liebe ist das passende Wort für ein Gefühl, das mich seit Jahrzehnten dazu treibt, mit einem Ball an meiner Seite zu leben. Zu Hause, im Auto, im Garten, überall liegt oder rollt einer herum.

Wenn ich ihm begegne und ihn so reglos daliegen sehe, kann ich es manchmal nicht lassen, ihn mit der Hand anzuschubsen. Aber viel lieber ertaste, erwecke, inhaliere, begehre, zitiere ich ihn mit dem rechten Fuss.

Ja, ich liebe den Ball von ganzem Fusse. Ich liebe Fussball. Und heute Abend habe ich Lust, dir zu erklären, wie es dazu gekommen ist und warum es mich glücklich macht.

Mein grösster Wunsch ist nicht, dass du es verstehst. Ich will vor allem, dass du es weisst.

Ich glaube, alles begann an einem Novemberabend Ende der fünfziger Jahre. Ich war ungefähr sieben Jahre alt. Mein Vater nahm mich zum ersten Mal mit ins Stadion unserer Stadt. Er hatte den 2CV-Lieferwagen unter den krummen Bäumen an der Friedhofsmauer abgestellt, hinter der Tante Jeanne ruhte und wo es von wilden Kaninchen nur so wimmelte, den heimlichen Bewohnern der stummen Welt aus Marmor. Wir liefen los, er vorneweg, ich hinterher. Wir sprachen nur wenig. Wir spürten, witterten uns eher. Wir wussten, dass der andere da war, mehr brauchten wir nicht. Links von uns hingen Nebelfetzen über einem Fluss. Mein Vater produzierte seinen eigenen dunklen Nebel aus blauen Gauloises ohne Filter. Wenn ich ein paar Schritte zurückblieb, wiesen mir seine Hustenanfälle den Weg.

Ich hätte bis zum Morgengrauen so weiterlaufen können, mit seinem beissenden Rauch in der Nase, ohne mich zu beklagen, denn ich war bei ihm und zusammen würden wir irgendwohin gehen, wo ich noch nie gewesen war.

Am Anfang waren wir fast allein. Dann holten uns andere Gestalten ein, unendlich viel grösser als ich. Laute Stimmen umgaben uns, Stimmen von Männern, die bis zum Haaransatz in ihre Mäntel gehüllt waren. Eine mächtige und entschlossene Menge zog uns, schubste uns, trug uns zu unserem Ziel. Als uns die Stadionscheinwerfer willkommen hiessen, konnte ich endlich die Blicke dieser eiligen Männer erkennen. Ausser bei den sonntäglichen Hochämtern hatte ich noch nie so viele Menschen um mich herum gesehen. An diesem Abend roch es nicht nach Weihrauch, sondern nach gegrillten Würsten. Ich kam nicht dazu, darum zu bitten, da verbrannte es mir schon die Finger.

Ich erinnere mich nicht mehr an alle Einzelheiten dieser eisigen Nacht.

Aber wenn ich heute die Augen schliesse, höre ich das Tosen des Stadions.

Tosen. Ich kenne dieses sympathische Wort seit jenem Abend. Mein Vater erklärte mir gern den Sinn der Wörter. Er sagte: «Hörst du die vielen Schreie, die aufsteigen und anschwellen, um zu einer einzigen Stimme zu werden? Das ist wie das Tosen des Meeres.» So war er. Meist schweigsam, dann wieder nicht zu bremsen, bis er einem auf die Nerven ging mit all den Einzelheiten, die ihm am Herzen lagen. Manchmal, fürchte ich, bin ich ihm ähnlich.

Ich verliere mich sehr gern in der Erinnerung an diesen Tag. Ich schliesse die Augen, höre das Tosen und spüre an meinen Wangen, auf meinem Rücken und auch an den Händen den rauen Stoff von Vaters Mantel. Auf der Stadiontribüne hatte er ihn geöffnet, wie ein Vogel seine Flügel, und ihn um mich gelegt. Aus meinem nach kaltem Tabak riechenden Lodeniglu blickte ich auf zwei Welten. Die andere, die ferne, schlief jenseits der Tribünen in der Nacht. Die hiesige, im Stadion, brodelte.

Ja, jenseits des Stadions war die Welt schwarz. Eigentlich gab es gar keine andere Welt mehr. Es gab nur noch dieses blassgrüne, verwaschen grüne, wintergrüne Rechteck; den winzigen, leuchtenden Ball; die

Zivo

muskulösen Fussballspieler mit ihren glänzenden Beinen, die rannten, einander auswichen, zusammenprallten; die Zuschauer um mich herum, die rauchten und laut sprachen oder auf ihre erstarrten, ineinander verschränkten Hände bliesen; das Geschrei und die Kälte und die Nacht und meinen Vater. Und mich, für hundert Jahre gewärmt.

Warum habe ich den Fussball von diesem Tag an geliebt? Wegen des aussergewöhnlichen nächtlichen Ausflugs? Wegen der Bratwurst? Hätte mich eine lebenslange Leidenschaft gepackt, wenn mein Vater mich in jenem November in einen Bowlingsaal oder zu einem Schachturnier mitgenommen hätte? Ich glaube, wenn es warm gewesen wäre, wenn es nicht den Lodenmantel um meinen Körper, nicht die Gestalten in der Nacht gegeben hätte und den Ball, ja, den Ball, den mein Blick im Scheinwerferlicht verlor und dann ungeduldig suchte, und die Inbrunst dieser Mitternachtsmesse, die die Stimmen in dem gleissend hellen und zugleich in Halbschatten gehüllten Stadion vereinte, dann wäre ich wohl weniger beeindruckt gewesen von der Eleganz und der Kraft, die das Fussballspiel verkörpert, mit allem, was dazugehört. An jenem Abend stimmte einfach alles.

Die Feinfühligkeit der Gesten in ihrer extremen Einfachheit, die so nahe, kaum gezügelte Gewalt der versammelten Männer habe ich später wieder gesucht und gefunden, als mich meine Reportagen zum Fussball zurückbrachten. Sie finden sich überall, aber sie haben mich besonders in den Ostblockstaaten, zu Zeiten einer gewissen Mauer, wieder und wieder tief berührt. Auf den unendlich langen Bürgersteigen, die zu den Kartenschaltern führten, liess ich mich von der blassgesichtigen Menge mitreissen, ebenso dazugehörig wie allein, von jener Menge, die ungeduldig zum Stadion drängte, um dort eine vielleicht etwas freiere Luft zu atmen. Diese Menge war die entfernte Schwester anderer, die auf der guten Seite der Mauer unbeschwerter der Ungewissheit des Spieles entgegenfieberten, von denen keins wie das andere ist, niemals.

Wenn ich als Reporter auf der Tribüne sass, rief ich oft meinen Vater an. Ich liess ihn das Tosen der Stadien der Welt hören, und er war zwei, drei Sekunden sprachlos, dann fragte er mich jedes Mal ganz überstürzt – denn die wahren Worte, die er mir gern zugeflüstert hätte, blieben ihm im Hals stecken, ich spürte es deutlich: «Ist bei dir alles in Ordnung? Warte, ich gebe dir deine Mutter!»

Der Fussball packte mich also in dieser Nebelnacht und liess mich nicht mehr los. Man kann nicht sagen, dass ich es geschafft hätte, ihn zu verführen. Ich bekam bald einen Ball aus echtem Leder, aber ich kam nicht dazu, von einer Zukunft als Fussballstar zu träumen, von dem man in den Zeitungen und im Fernsehen spricht. Angesichts meiner Langsamkeit, meines empfindlichen Rückens und meiner unüberwindbaren Faulheit erkannte ich schnell, dass ich nicht aus dem Holz geschnitzt war, aus dem man eine Berühmtheit macht. Es hätte mir gefallen und wäre mir zupass gekommen, Fussball zu spielen, ohne rennen zu müssen, wenn nur die besten statische Geschicklichkeit im Umgang mit dem Ball gezählt hätte. Aber so war es eben nicht.

Unwichtig. Trotz meiner Schwächen, meiner Mängel, meiner Unfähigkeit, über mich hinauszuwachsen, trotz all dieser Lasten auf den Schultern entdeckte ich in wenigen Jahren die grosszügige Gastfreundschaft des Fussballs. Denn auch er trägt einen Mantel, der weit genug ist, um sie alle aufzunehmen und schön warm aneinander zu drücken, die Schönen und die Begabten, aber auch die Mageren, die Hässlichen, die Langsamen, die Buckligen, die Scheinheiligen und Bösewichte. Und sogar diejenigen, die ein bisschen von allem sind.

Du weisst ja, die Jahre zwischen der Kindheit und dem Tag, da wir für erwachsen erklärt werden (gestern waren wir es noch nicht, heute sind wir es, das macht mich immer noch fassungslos), diese Jahre sind wahrlich kein Zuckerschlecken. Man leidet an Vergleichen und Hoffnungen. Man verbringt bittere Stunden vor dem Spiegel und bedauert, nicht ein bisschen mehr so oder ein bisschen weniger so zu sein. In diesen Jahren, in denen man nicht wagt, sich selbst zu lieben, in denen ich mir, wenn ich etwas mutiger gewesen wäre, den Kopf abgeschnitten hätte, um ihn nicht mehr zu sehen, in diesen Jahren waren das Fussballspiel und der Ball meine besten Freunde. Ich überlegte damals nicht, weshalb, aber inzwischen habe ich darüber nachgedacht.

Mein Leben als junger Mann – ohne Pickel, wie ich bemerken möchte, das war mein kleiner Stolz – war das Leben eines Schüchternen. Zum Sterben schüchtern. So schüchtern, dass ich nur noch in der dunklen Nacht leben wollte.

Angst vor den Mädchen, den Lehrern, den anderen Schülern, dem Lied oder Gedicht, das ich vor ihren auf Fehler lauernden Augen vortragen musste, Angst vor der zu stellenden Frage, Angst vor dem Kontrolleur im Bus, selbst wenn ich meinen Fahrschein hatte. Ja, Angst vor allem.

Diese Angst, das habe ich erst später verstanden, überfiel mich in dem Sommer, in dem ich gerade acht Jahre alt war. Dem Sommer, der der Entdeckung des ersten Stadions folgte. Auf meinem eigenen Territorium, auf meinem Feldweg, der so schön nach Haselnuss duftete, zwischen den Weissdornhecken, wo ich fliegende Ameisen und dämliche Maikäfer quälte, die sich in meinen Haaren verhedderten, dort hatte mich, wie es jeweils lakonisch in den Lokalnachrichten der Zeitungen heisst, ein Mann missbraucht.

Mich, meine Seele, mein Vertrauen, meinen Körper. Und mein Pech beim Murmelspiel auf dem Schulhof, denn er begann unsere – anfangs sehr freundschaftliche – Beziehung, indem er mir Glaskugeln schenkte. Bis aufs Letzte von den Grösseren ausgenommen, mit denen ich mich aus Naivität angelegt hatte, sah ich in seiner Einladung, ihn auf meinem Weg zu begleiten, um «uns zu unterhalten», die unverhoffte Gelegenheit, meine Geschäfte wieder in Gang zu bringen.

Dieser gerade begonnene Sommer hätte den anderen Sommern gleichen sollen. Ich wuchs ohne allzu grosse Sorgen auf dem ehrwürdigen, Sicherheit gebenden Familienhof auf. Das Abenteuer hatte sich in einer Ecke in Form einer Baustelle eingenistet, auf der ein grosses Holzhaus entstand. Freundliche Arbeiter borgten mir ihre Werkzeuge und liessen mich glauben, dass ich allein den armierten Beton mischen konnte. Auch mein Murmellieferant arbeitete dort. An einem Nachmittag, als seine Kollegen schon gegangen waren, hatten wir die Schaufeln und Kellen weggeräumt und liefen gemeinsam meinen Weg entlang, als er mit fiebriger Ungeduld seine neonweisse Nacktheit vor mir entblösste. Von diesem Tag an war alles anders. Plötzlich waren meine Taschen schwer von Murmeln, war mein Kopf zerfressen von Fragen. Bei den häufigen Begegnungen, die er herbeiführte, musste ich ihm stets folgen und ihn ansehen. Er verlangte, dass wir uns versteckten, dass ich niemandem von ihm und mir erzählte. Von mir und ihm. Ich verstand überhaupt nichts. Ich hatte mich niemals vor jemandem gefürchtet – abgesehen von einem Freund meines Vaters, der ein Loch in der Kehle und eine unhörbare Stimme hatte. Er versteckte die schwarze Öffnung nur halb hinter einem

Tuch. Zitternd starrte ich auf diese geheimnisvolle Höhle und versuchte das Fleisch darin zu erkennen. Abgesehen davon erzählte ich noch so gern von meinen Geschichten und meinen Kämpfen. Und nun befahl man mir plötzlich Schweigen, man zwang mir eine Parallelexistenz auf.

Ich blieb den ganzen Sommer das Opfer dieses Jean-Marie, dessen Augen blauer waren als sein blauer Arbeitsanzug. Keine Vergewaltigung, keine Gewalt, er wollte nur, dass ich bei seinem Pornotheater sein Publikum war und an manchen Tagen ein Embryo von Partner, der die Unterhose hinunterziehen musste, um sich ein bisschen seinen Fingern, viel mehr noch seinem Blick auszuliefern, von dem ich noch heute weiss, dass er eindeutig und gebieterisch war.

Als der Herbst kam, verschwand er. Er war so vorsichtig gewesen, mir ein letztes, ein weiteres Mal zu verbieten, von seinen Untaten zu sprechen. «Was wir getan haben, ist böse, es ist verboten. Wenn es jemand erfährt, muss ich wieder ins Gefängnis, und du auch!» Ein schweres, schmieriges Geheimnis legte sich auf meine Schultern, die sowieso schon wegen einer Rückgratverkrümmung schief waren.

Natürlich hatte ich früher wie ein stolzer Gutsherr die Gärten der Gegend durchstreift, bewaffnet mit meiner Armbrust und meinem Bogen, jetzt aber hatte er den Ritter du Guesclin verschreckt, der in mir atmete. Indem er mich zur Stummheit verdammte, zerriss er meine Brust und pflanzte darin zwei Gefährten von perverser, absoluter Treue: die Schande und die Angst.

Von nun an begann ich in der Schule in jeder Unterrichtsstunde, an jedem Tag zu fürchten, dass ein Lehrer der ganzen Klasse, also der ganzen Welt, meine Schuld offenbarte. Meine Schuld, ja, denn ich war zwangsläufig das einzige Kind auf der Erde, das so befummelt wurde, und ich war der alleinige Verantwortliche für meine Sünden. So dachte ich. Wenn mir dieser Mann, ehe er für immer verschwand, nur gesagt hätte, dass ich keine Schuld habe, hätte sich die Farbe der Welt in meinen Augen ganz sicher geändert. Auch wenn ich mir zurückblickend sage, dass er mich ebenso gut unter meinen Hecken hätte abmurksen und mit meinen Schätzen vergraben können ... In diesem üblen Vagabunden musste noch irgendwo der Rest eines Herzens schlagen.

Die Zeit verging, nicht aber meine Angst, nicht meine Schande. Die ganze Welt war mehr wert als ich, und ich zitterte vor dieser Welt. Mein Ball interessierte mich kaum noch, er lag verschrumpelt im staubigen Keller, und ich wusste nicht mehr, wo ich meine letzte Dose mit fliegenden Ameisen vergraben hatte.

Meine Unannehmlichkeiten waren damit noch nicht vorbei.

Frankreich durchlebte die schwierige Zeit nach dem Algerienkrieg; General de Gaulle hatte in unserem Dorf Halt gemacht (ich erschauerte, als er die Hand auf mein Haar legte, und drehte fast durch, als er meine Schwester, noch ein Baby, in seine kakifarbenen Arme nahm); meine Mutter pflanzte roten Salbei; ich mochte die Schule nicht mehr, obwohl ich das Höschen meiner Lehrerin gesehen hatte, als sie an ihrem Pult sass; ich beachtete meinen Ball nicht mehr; ich hatte zwei Freunde auf Leben und Tod, Jean-Paul und Raymond, Raymond und Jean-Paul, der eine eher Gendarm, der andere eher Räuber; ein paar Feinde, vor allem in der Familie des Strassenwärters mit zwölf Söhnen; Rollschuhe; meine schon erwähnte Armbrust, von der ich alle Pfeile verloren hatte; meinen Bogen aus Haselnussholz, made by Papa; benachbarte und verwandte Spielgefährtinnen; einen Weg, den ich seltener entlangging, seit ein anderer dort seine Spuren hinterlassen hatte. Und, in meinem Kopf, das Geheimnis. Es beanspruchte so viel Platz, dass ich fast sagen könnte: in dem Geheimnis mein Kopf.

Ich hätte bestimmt als mustergültiger, zurückhaltender Angestellter geendet, unterwürfig aus Angst, ertappt zu werden, also sicher kein Gewerkschafter bei W., dem ältesten Unternehmen des Ortes, das alle Baustellen auf allen Strassen des Departements versorgte. Ich hätte sonntags Hasen und Wildschweine gejagt, während meine Frau, wie schon meine Mutter und meine Grossmutter, zur Messe des Erzpriesters gegangen wäre, dessen feine Sprache für mich wie klassische Musik klang und mich damit vor der Langeweile der Eucharistie rettete. Wir hätten oft bei den Onkeln und Cousins gegessen, bei den alten Verwandten, von denen es noch so viele gibt im Norden, wo man sie bis heute auf den Bauernhöfen versorgt, vor den Feuerstellen, die durch Schwedenöfen ersetzt wurden, die Alten, die Geschichte gemacht haben und sie gern erzählen.

Aber wir mussten fort. Mein Vater hatte keine Arbeit. Wir mussten dieses normale, ruhige Dasein aufgeben, mein Zuhause, meine Erde, meine Basis, auch wenn ich dort erlebt hatte, was das schlimmste Abenteuer meines Lebens sein sollte. Wir mussten unsere Besuche im Fussballstadion einstellen, wo ich meinen Onkel Marcel hatte spielen sehen, einen Soldaten mit Schenkeln so breit wie Kirchensäulen. Er war mein Pate, ein guter Fussballspieler, aber auch ein richtiger Held. Er hatte durch besonders mutige Taten Medaillen und Dienstgrade gesammelt, auf Schlachtfeldern, von denen mir ein Name im Gedächtnis haften blieb, der ebenso klangvoll war wie der eines Fussballspielers: Monte Cassino.

Während wir ihn rennen sahen, erklärte mir mein Vater, dass Marcel, wäre er nicht zum Kriegführen in die Welt gezogen, das Zeug zu einem echten Profi gehabt hätte. Ich habe von ihm noch einen winzigen Pyjama aus blauer Seide, den er mir aus Indochina schickte, und ich versuche mir immer noch vorzustellen, wie mein Pate mit den steinharten Muskeln auf dem Markt eines vom Krieg erschütterten Landes dieses zarte Etwas für mich kauft. Später, viel später, als er die Waffen niedergelegt hatte, sassen wir zusammen auf den Bänken des Stadions seiner Stadt, das neben der Kaserne sein zweites Zuhause war.

Wir mussten also fort. Und wenn man fortgeht, kommt man auch irgendwo an. Ich kam in die Schweiz. Katholik, Franzose mit starkem Akzent, schüchtern, entsetzlich schüchtern, errötend bei jedem längeren Blick, das war schon eine ganze Menge. Nichts in meiner neuen Welt ähnelte dem, was ich kannte. Mein erster Lehrer bereitete mir am ersten Schultag in der Schweiz ein dröhnendes Willkommen.

Monsieur R. stellte der Klasse eine mathematische Frage, auf die ich vorschnell antwortete, etwas streberhaft, erleichtert, weil ich die Antwort kannte: Sechsundachtzig. *Quatre-vingt-six.* Niemand hatte mich gewarnt, und er übernahm es, mich zu informieren. Achtundzwanzig Schüler, die glücklich waren, sich noch ausführlicher mit dem kleinen Wilden von einem anderen Stern zu beschäftigen, wurden Zeugen, als er mich einen Dahergelaufenen nannte. «Dahergelaufen». Denn hier – er erklärte es des Langen und Breiten –, hier hiess sechsundachtzig *huitante-six* und nichts anderes.

Du kannst dir vorstellen, Nanon, dass dieser Spitzname eine Weile an mir hängen blieb, und ich überdies bei diesem Zwischenfall noch ein paar der letzten

Millimeter Selbstsicherheit verlor, die mir geblieben waren.

Der Französischlehrer setzte dieses Werk fort. Ich hatte mich in einem Aufsatz als Dichter betätigt und mir den See im Gewitter vorgestellt, «zürnend, niemand weiss, auf wen und weshalb». Monsieur C., gesinnungsmässig offenbar dem Mathelehrer nahe stehend, machte mich vor der grölenden Klasse ebenfalls zum Esel: «Wie kann ein See, der kein Mensch ist, zürnen?»

Ich höre immer noch das Lachen. Ich war knallrot, mir war siedend heiss.

In der Sportstunde war ich endgültig erledigt: Ich war unfähig, einen Ball von achtzig Gramm zu werfen, ebenso wenig das metallfarbene Ding mit einem Griff, das die anderen Schüler «Handgranate» nannten. Stangenklettern war noch schlimmer. Meine Arme hatten diese seltsamen Spiele niemals ausprobiert, sie hatten zwar Haselnussholz geschnitzt, waren aber keineswegs imstande, das Gewicht meines Körpers zu tragen.

Und ausserdem wurde niemals Fussball gespielt! Ich dachte an Jean-Paul, an Raymond, an die Heimat, an früher. Ich war verloren.

In diesen turbulenten Wochen war meine Insel des Friedens nicht unser Haus, nicht mein Zimmer und auch nicht der Familientisch. Der Gang über die Grenze hatte nichts geändert, und mehr noch als bisher fürchtete ich die Fragen, seit den Drohungen des Mannes, der mich nicht getötet hatte. Meine Eltern besassen das Feingefühl und die Liebenswürdigkeit, mir kaum Fragen zu stellen. Sie liebten mich, wie ich war, und respektierten, was sie für einen «scheuen Zug» hielten. Sie dachten voller Zärtlichkeit, dass ich meine Einsamkeit liebte, obwohl ich keinen Augenblick mehr allein war, sondern immer mit dem anderen, dem in meinem Kopf wuchernden Mann mit den blauen Augen.

Ich steuerte wahrscheinlich auf die Katastrophe zu, ich liess mich in vorsätzliche Einsamkeit und Aggressivität abrutschen: Man hilft sich wie man kann, wenn alles den Bach runtergeht. Aber es blieb noch der Ball. Der Fussball. Und wenn du den Ball liebst, wirst du zwangsläufig irgendwann auf einen netten Menschen stossen, mit dem du zunächst einmal mit den Füssen reden kannst. Und dabei auf bessere Zeiten hoffst.

Philippe, ein älterer Nachbarjunge, bot mir seinen Garten als Freundesland an. Zu zweit spielten wir dort

endlos zwischen dem Kirschbaum und dem Birnbaum, fest eingerichtete Tore für jede Jahreszeit. Seine Mutter, eine kleine Frau mit spitzen, zuckerrübenförmigen Brüsten, war der erste Schiedsrichter meiner Laufbahn, denn sie wachte am Fenster ihrer Küche, damit ihr kein Schimpfwort entging. Gelbe und rote Karten gab es nicht, aber den Entzug des Vesperbrots sehr wohl! Ich übertreibe: An den braven Tagen bogen sich die Brotscheiben unter der Butter- und Konfitüreschicht. Aber ganz im Ernst, sie hatte wirklich unglaubliche Brüste ...

Von Bernard erfuhr ich, dass nach der Schule regelmässig in einem Park Fussballspiele stattfanden. Dort war Fussballspielen noch nicht verboten. Die natürliche, kindliche oder jugendliche Kreativität wurde noch nicht durch all diese kleinen bunten Spielzeuge ersetzt, durch Motorräder, Frösche, Traktoren auf Federn für die ganz Kleinen, die heute in den Städten fast alle Grünflächen besetzen, auf denen grosse Schilder mit einem rot durchgestrichenen Fussball stehen.

In diesem Park war es fantastisch. Ich musste niemals richtig oder falsch *achtzig* sagen, denn unsere Torstände erreichten nicht solche Höhen. Auch mein

«Frousien»-Dialekt, wie die Boshaften es nannten, störte niemanden, denn Akzente gab es von überall. Und wenn ich ein bisschen, ein kleines bisschen ins Abseits geriet, fand ich mich in brüderlicher Gesellschaft mit den Italienern, deren Spitznamen ich mir gemerkt hatte. Ich war der *Frousien,* sie waren die *Ritals,* die *Magutes,* Immigrantensöhne, die viele Schweizer damals von oben herab betrachteten. Ich mochte sie gern. Ich suchte Freundschaft und sie beruhigten mich. Spät am Abend hörte ich in meinem Bett ihre Väter, die auf der Strasse rauchten und schwatzten, wenn die Fensterläden bei den Schweizern schon lange geschlossen waren.

Du ahnst es, Nanon, du siehst es deutlich, beim Fussball zerstoben meine Ängste. In den Parks, im Garten der Freunde, und später dann, als ich Mitglied eines Clubs wurde, in den merkwürdigen Holzgarderoben, wo wir lernten, uns nackt zu zeigen. Auf dem Spielfeld war uns egal, was vorher war und was nachher kommen würde. Dort war ich nicht mehr schüchtern, dort konnte ich frei leben, ebenso wie meine Freunde mit ihrer ganz unterschiedlichen Herkunft. Ich hatte entdeckt, dass beim Fussball das Anderssein keine schändliche Krankheit ist.

Die Freunde. Ihre Beine, den Zustand ihrer Fussballschuhe, ihr Geschick im Spiel sehe ich deutlicher als ihre Gesichter. Ich höre ihre Stimmen und mir fällt der Rhythmus ihrer Dribblings ein, ihre Art, den Ball zu halten, zu rennen. Zu lachen und zu protestieren. Sie hatten alle Hautfarben, alle Religionen, krauses oder glattes Haar, glühende Augen und unglaubliche Akzente, südliche Haut oder feuerrote Wangen, eiserne Schenkel oder knorrige Waden. Sie waren sanft und empfindlich oder hart wie Schotter, eingebildet oder bescheiden. Einige hatten schon die Visagen von Falschmünzern, andere die Gesichter künftiger Pfarrer, Lehrer oder Fussballer. Wie es so läuft: Ein Ball, und die Familie im Park war gegründet und führte ihr kleines Leben, ohne Vater, ohne Mutter, ohne Aufsicht, ohne erwachsene Autorität.

Im Club, der uns den Vorteil bot, dass wir regelmässig trainieren und am Wochenende echte Turniere mit echten Trikots gegen echte Mannschaften anderer echter Clubs spielen konnten, fühlte ich mich auch sehr wohl. Wir kamen aufs Spielfeld, der Trainer gab uns zwei, drei Bälle, und das war's, wie im Park, wie überall, wir unterhielten uns mit den Füssen.

Ich meine, wenn du den Ball einem anderen zuspielst, ist dieser andere für dich jemand. Eine Person. Du hast ihn gesehen, du beobachtest ihn, du nimmst ihn zur Kenntnis, er ist sofort mit dir verbunden, und ein Gespräch entspinnt sich von Fuss zu Fuss. Der andere ist da, ohne ihn würde es kein Spiel geben. Genauso wenig ohne dich. Ihm gut den Ball zuzuspielen heisst, ihn respektieren. Ihm den Ball wegzunehmen heisst existieren. Wir sind zwei, drei, zehn, und wir lassen das so genannte Leder rollen, mit der unbewussten Gewissheit, dass es nicht von einer Sekunde zur anderen viereckig und unbeweglich sein kann, dass es weiterrollen wird, dass also jeder es früher oder später wieder berühren wird.

Ich gelangte also schnell zu der Überzeugung, dass ich zwischen diesen erdbeschmierten und schwitzenden Brüdern, zwischen diesen Kumpels von überall her keine Angst haben musste. Sie würden mir immer etwas geben, zumindest den Ball, mit einem einfachen Pass. Giovanni fällt mir ein. Ein eher düsterer Typ, der sich in klassischem Machogehabe lange allein mit dem Ball amüsierte, ehe er abspielte. Wir schimpften viel auf Giovanni. Oft verliess er das Spielfeld, nachdem er alle mit seinen harten Fäusten bedroht hatte. Doch er schlug niemals zu, und wenn er mal einen Tag nicht da war, fehlte er uns, war die Familie nicht komplett.

Alfred. Er gab sich ständig neue Namen und landete schliesslich bei John. Wegen einer pfuschenden Engelmacherin, so ging das Gerücht, war er mit körperlichen Missbildungen zur Welt gekommen, die er uns durch sein Lächeln, seine prächtigen Trikots, die Energie einer jungen Katze und sein Bemühen um elegante Körpersprache vergessen liess. Er hatte zwei Leidenschaften: Fussball und die Musikgruppe CCR, Creadence Clearwater Revival. John war am besten von uns allen angezogen. Zu jedem Spiel im Park kam er in den Farben von Benfica Lissabon, seinem absoluten Lieblingsklub. Wenn John ein Tor schoss, flog er förmlich ein paar Runden um das Spielfeld, tanzte auf den Spitzen seiner Schuhe, die glänzten wie ein neues Auto. Ich weiss, dass dann, in seinen Ohren, Hunderttausende seinen Vornamen sangen.

Jean-Louis. Er war Torwart, wollte immer nur Torwart sein. Gelenkig wie eine Stoffpuppe. Einmal da, am nächsten Tag weg, am dritten Gott weiss wo. Erfüllt von der erlesenen Poesie des Begabten, der sein Talent nicht wirklich pflegen will. So originell wie Menschen, die von Geburt an Torhüter sind. In seinen guten Momenten sprang er in alle Höhen und alle Ecken, um das Tor vor den härtesten Schüssen zu verschliessen. Lachend und ohne sich wehzutun fiel er zu Boden wie ein welkes Blatt. Die Geschmeidigkeit. Er war gerade mal achtzehn, als ein Auto sein Motorrad auf der Autobahn niedermähte. Er stand auf, wieder einmal unverletzt. Aber als er sein Fahrzeug aufrichtete, wurde er von einem anderen Auto erfasst, das ihn zu hoch, zu weit fliegen liess. Man kann ein grosser Torwart gewesen sein, ohne dass die Welt es jemals erfährt.

Ob meine Freunde wohl, so wie ich, tief in ihrem Innern quälende und schmerzhafte Geheimnisse versteckten? Das beschäftigte mich unaufhörlich, ich fragte es mich, während ich unter der Dusche ihre Schniepel sah, in der Hoffnung, daran die Spuren des gleichen Missgeschicks zu entdecken, wie ich es erlebt hatte, denn ich war überzeugt, dass mein Sperling so lang und mager herabhing, weil dieser Kerl ihn befummelt hatte ...

Am Ende des Trainings, an einem verschneiten Abend, in einer winterlichen Atmosphäre, die all jene vereint und zusammenschmiedet, die sich hinausgewagt haben, gestand mir ein Kamerad – warum gerade mir –, dass er seltsame Dinge erlebt hatte. Ich hörte ihm voller Anteilnahme zu, bewunderte ihn, weil er sich traute, so frei von seinen geheimen Erfahrungen zu erzählen. Aber ich sagte ihm nichts von mir. Ich wollte kein Risiko eingehen. Als wir dann unter der Dusche standen, betrachtete ich seinen Schniepel mit einer Eindringlichkeit, die schon verdächtig wirken konnte. Ich war erleichtert, als ich feststellte, dass er rund und kurz, gedrungen und runzlig war. Alles andere als lang und hängend. Es gab also keine sichtbaren Spuren. Das war doch schon was.

Alle Geheimnisse waren möglich bei so vielen versammelten Existenzen. Auch viel schlimmere oder gefährlichere, zerstörerische, denn eines Tages nahm sich ein Kind, schon ein junger Mann, schön und wie für den Fussball und für die Mädchen geschaffen, das Leben, um eine Verzweiflung zum Schweigen zu bringen, von der wir, die wir uns doch so nah fühlten, nicht das Geringste mitbekommen hatten. Wie soll man sich vorstellen, dass ein Mensch, der dem Erfolg geweiht scheint, am selben Tag Fussball spielen, lächeln und rennen kann und sich anschliessend einen Strick

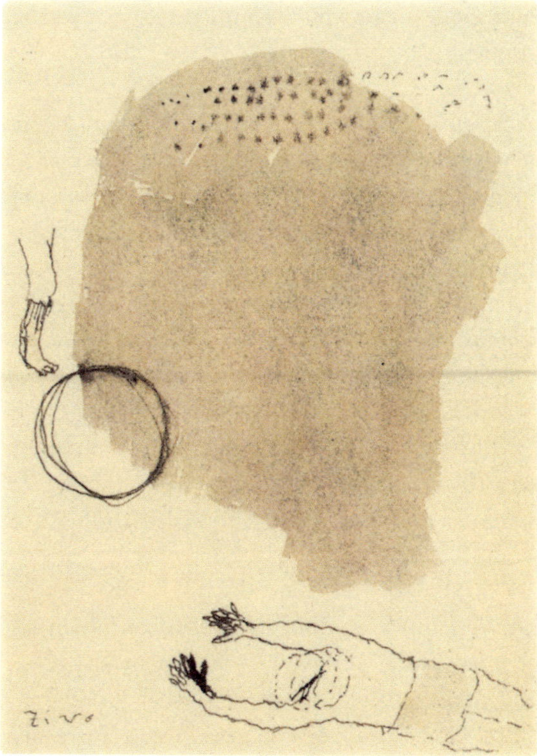
Zivo

um den Hals legt? Wir waren sprachlos und hatten sehr schnell weitergespielt. Der Ball, der von einem zum anderen ging, spürte wohl unseren verborgenen Schmerz.

In unseren Gruppen von Kindern und Jugendlichen konnten sich alle Ängste, alle kommenden Tode und alle Vergewaltiger der Welt sonstwohin scheren, sobald der Ball im Spiel war. In diesem rechteckigen, von dicken weissen Linien begrenzten Land waren wir woanders, waren wir ausser Gefahr. Der Ball war das Leben. Während in der Schule das Pausenklingeln eine Befreiung war, kam das Ende eines Spiels oder des Trainings immer zu früh. Im Unterricht fieberte ich dem nächsten Treff auf dem Spielfeld entgegen, ich ertrug die Schule und meine inneren Qualen nur durch die Verheissung des Balls, den ich am Abend wieder sehen würde, bald, hier und überall.

Wir lernten uns durch unsere Art zu spielen kennen, das ist die Realität, hier und woanders, gestern und morgen, auf jedem Niveau. Fussballspielen heisst, durch Gesten und Bewegungen, durch Ideen und Entscheidungen einen grossen Teil von sich erkennen zu lassen. Fussball offenbart die Gesinnung der Menschen manchmal wahrhaftiger als ihre Worte. Er heisst jeden willkommen, aber er schmeichelt niemandem.

Man muss die Kinder spielen sehen, aber auch Halbwüchsige, Erwachsene. Man muss das einmal sehen, wie ein Lächeln entsteht, ein Lachen, die Forderungen oder Vorwürfe. Jeder will mehr, will es besser, will es schöner, schwieriger, speziell vom anderen. Aber alle haben sie, unabhängig von ihrem Charakter, einen wunderbar gemeinsamen Punkt, dem sie nie entkommen können: Sie müssen diesen gottverdammten Ball beherrschen, der niemandem auch nur den geringsten Fehler verzeiht.

Es klingt, als würde ich idealisieren und die Zwischentöne unterschlagen, also muss ich dazusagen, dass nicht immer alles ganz einfach war. Wenn man heranwächst, bringen die unterschiedlichen Ursprünge und Persönlichkeiten den Kessel manchmal auch zum Explodieren. Aber wir waren da, um zu spielen, die Regeln – die Kinder unendlich viel schneller lernen als das Einmaleins – wurden halbwegs eingehalten, also hatten Launen und Wutanfälle letztendlich keinen grossen Einfluss auf unsere zahllosen improvisierten Weltmeisterschaftsfinalspiele.

Wir beschimpften uns am Montag – die Worte konnten durchaus verletzen, weil sie das Wesentliche berührten, nämlich das Fehlen von Talent und Leichtigkeit –, aber am Dienstag waren wir alle wieder da, hier oder dort, mit dem Ball, ohne Erinnerung an den Streit von gestern – fast ohne, seien wir ehrlich.

Apropos, in den Zeitungen oder im Fernsehen erklären uns schlaue Leute regelmässig in tief schürfenden Analysen, die dieses «gesellschaftliche Phänomen» untersuchen sollen, «Fussball ist Krieg». Sie berufen sich dabei auf ein paar Prügeleien zwischen Fans oder auf gelegentliche Ausbrüche von Gewalt bei wichtigen Spielen. Krieg, der Fussball? Von wegen! Wenn der Krieg, der echte, ein Jahr lang wie Fussball wäre, wäre unser Planet sicher besser in Form.

Krieg, doch, manchmal führten wir Krieg, Krieg gegen den griesgrämigen Eigentümer eines Grundstücks neben dem Brachland, auf dem wir Dorfbengel unsere Spiele austrugen. Wir stellten uns vor, dass er hinter der Thuyamauer lauerte, die sein Haus umgab und ihm den herrlichen Blick auf den See versperrte, und dass es ihm Spass machte, den Ball zu beschlagnahmen, sobald er in seinem Garten landete. Wir mussten also schnell machen, wie ein Fuchs durch die

Hecke kriechen, unsere verlorene Sonne wieder finden und schnurstracks abhauen. Ein neutraler Beobachter hätte feststellen können, dass die Spieler beider Mannschaften, erbitterte Gegner bis zu der Sekunde, da der Ball ins Sperrgebiet flog, zu unzertrennlichen Verbündeten wurden, wenn der Gang ins Feindesland unausweichlich war. Manche Bälle fielen auf dem Feld der Ehre, wir sahen sie nie wieder. Der eine oder andere kam mit dem Ball zurück, aber sein Hintern war vom Schuhabdruck des Jähzornigen gezeichnet. Aber jedes Mal wurde die Maginotlinie überwunden und das Spiel ging weiter.

Nun ja, Nanon, ich komme zu meiner persönlichen Geschichte zurück, zu meinen beklagenswerten ersten Erlebnissen sexueller Natur, um dir zu versichern, dass ich als Erwachsener dem Schicksal gedankt habe, das den Fussball anstelle eines Psychiaters auf meinen Weg geführt hat, ein Spielfeld anstelle der Couch. Als ich in der Schule verjagt, verachtet, verlacht wurde, hatte ich anstelle einer Psychotherapie – und um vieles besser – das Vorrecht, ja, das Privileg, ohne Termin vorab und in aller Einfachheit eine ganz nahe, offene Welt zu betreten, die Welt des Fussballs, in der ich spüren konnte, dass ich existierte, ohne ein

Urteil zu fürchten. Und eins habe ich dort bestätigt gefunden: Wenn ein Kind spürt, dass es existiert, unabhängig von dem, was es ist oder was es zu sein glaubt, dann kann es auch zeigen, was in ihm steckt, um sich an die noch kommenden Tage zu gewöhnen und weiterhin zu überleben, um ein bisschen an Format zu gewinnen und den Stürmen zu widerstehen: Begabung für Angriff, Verteidigung, Improvisation, Diplomatie, Reaktion oder Erfindungsgabe, unendlich viele und tolle Begabungen.

Das Fussballspiel hatte mich gewisse Vorhaben vergessen lassen, von denen ich geradezu besessen war. Denn ich schwöre dir, Nanon – sieh an, diese Worte erinnern mich an das kurze Abendgebet aus den Zeiten, da meine Kindheit noch heil war: «Lieber Jesus, segne mich, mein kleines Herz schlägt nur für dich, treu bleib ich dir, ich schwör es dir, halt meine Seele gut und rein, lass mich auch morgen glücklich sein» – als ich noch ein Dreikäsehoch war, hatte ich daran gedacht, diesen Kerl mit den blauen Augen zu finden, egal, wo er wäre. Um ihm ein paar nicht sehr liebenswürdige Takte zu sagen. Ihm die Murmeln zurückzugeben, die er mir zu Hunderten geschenkt hatte. Und an manchen Tagen auch daran, ihn kurzerhand umzubringen.

Aber eigentlich hatte ich etwas viel Besseres zu tun als mein kleines Unglück und meine künftige Rache zu pflegen. Der Fussball lud mich ein, jeden Tag ein neues Vergnügen zu erleben. Ich lehnte mich an ihn, wie sich ein kleiner Junge, wenn er müde ist, vielleicht an seinen Hund lehnt. Ich spielte und spielte, ohne Talent, aber mit Spass, ich entdeckte jeden Tag, dass der Zweite ebenso viel wert ist wie der Erste. Wenn ich den Ball hatte, war ich für eine, zwei, zehn Sekunden der Herr des Spiels. Auf eigene Gefahr, denn ein gut eingesetzter Ball bringt dir Komplimente ein, aber wehe, wenn du den Ball an den Gegner verlierst, dann bekommst du von deinen Freunden was zu hören. Manchmal, das wird dir komisch vorkommen, manchmal freute ich mich, wenn ich einen Schlag abbekam. Ich blieb liegen, und die anderen sorgten sich um mich, sie fragten mich, wie es mir gehe, ob es schlimm sei, ob ich weiterspielen könne, wie sie mir helfen könnten. Ich genoss es, mit der Nase im Gras den Leidenden zu spielen und so die Fürsorge der anderen dauern zu lassen.

Inzwischen weiss ich übrigens, dass es nicht viele Orte auf der Welt gibt, wo man sich so schnell um den Schmerz eines zu Boden gegangenen Kindes oder Mannes kümmert.

Ich habe dir ja schon erzählt, dass ich nicht begabt war. Das bedeutete, dass ich im Verein, ich kann sogar sagen, in den Vereinen, nicht immer zu den elf Spielern gehörte, die zu unseren Juniorenspielen aufliefen. Wenn ich alle Scham ablege, gestehe ich dir sogar, dass ich nicht oft spielte. Ich war vielmehr der Ersatzspieler. Der Ersatzspieler trägt einen passenden Namen. Er ist der zwölfte, der dreizehnte, derjenige, der vielleicht spielen wird. Aber vielleicht auch nicht. Der, den man duldet. Der mit dem Hintern im Gras wartet, dass sich einer seiner Kameraden verletzt oder dass der Trainer an ihn denkt. Der aufs Spielfeld kommt, wenn der Sieg schon sicher oder wenn sowieso alles verloren ist. Der nichts mehr ändern wird. Der sich schliesslich daran gewöhnt, in der Halbzeitpause die Teekanne und die Becher zu tragen.

In dieser Parallelrolle pflegte ich wilde Eifersucht. Aus meiner Schattenwelt wünschte ich den Glänzenden das Schlimmste an den Hals. Gebrochene Beine, schmerzende Rücken, heimtückische Krankheiten. Ich bat den lieben Gott und manchmal sogar den Teufel, den ich in diesen Momenten gern zum Freund gehabt hätte. Ich bat sie darum, diese geschmeidigen, schnellen Jungen aus meinem Weg zu räumen, die

Tore schossen und die Blicke der Mädchen an der Balustrade anzogen, nach denen ich heimlich schielte.

Aber weder Gott noch der Teufel war empfänglich für meine Hilferufe, nichts kam so, wie ich es mir wünschte. Obendrein beging ich wiederholt den Fehler, diese bösen Gedanken den braven Priestern zu beichten, deren müder Atem mir in der Intimität des Beichtstuhls endlose Bussen auferlegte – zwanzig Vaterunser, zwanzig Ave Maria. Ich kniete mich hin und rasselte sie hastig herunter, während ich an etwas anderes dachte, dann rannte ich aus der Kirche, um neue Komplotte zu schmieden, die nur mir allein bekannt waren und vielleicht noch dem lieben Gott.

Ich litt lange Zeit, wenn ich die Mädchen in Begleitung der Begabtesten unter uns davongehen sah. Aber nach einigen Jahren der Enttäuschung stellte ich schliesslich fest, dass es auf der Erde viel mehr hübsche Mädchen als begabte Fussballer gibt und dass ich, auch wenn ich in den Stadien auf ewig Ersatzspieler blieb, doch eines Tages meine Chance bekommen würde.

Mir ist schon bewusst, dass du mich höchstwahrscheinlich nicht wegen meiner sportlichen Ruhmestaten geheiratet hast, denn sie haben niemals irgendwen beeindruckt, am wenigsten dich. Das ist ganz sicher ein Vorteil, wenn ich mich heute mit denen vergleiche, die zunächst nur für die Eleganz geliebt wurden, mit der sie ihr Trikot trugen. Es sass bei ihnen wie massgeschneidert. Meins war zu weit und wogte um meinen mageren Oberkörper, hing an mir hinunter wie ein Nachthemd und liess mich noch mehr wie ein müder Stelzvogel nach der Rückkehr aus dem Süden aussehen.

Du kannst dir nicht vorstellen, Nanon, wie glücklich ich war, als du eines Tages ganz beiläufig, aber entschieden, ohne grosses Trara und ohne es besonders zu betonen, erklärt hast, dass mein gebeugter Rücken mir einen rührenden Charme verleiht.

Ich habe nur ein Foto von mir als jungem Fussballer, und wenn ich es ansehe, stelle ich fest, dass nichts zusammenpasst: nicht das Trikot und mein Hals, nicht mein Haar und meine Schultern, auch nicht meine Knie und meine Beine. Es sieht so aus, als hätte jemand Teile von vielen verschiedenen Leuten zusammengesetzt und daraus mich gemacht. Damit will ich nur sagen, dass ich mich im Laufe der Zeit nicht geändert habe. Ich bin, was ich war. Ich habe keine falschen

Zino

Versprechungen gemacht, im Unterschied zu einstigen Schönheiten, die heute fünfzigjährige Dickwänste sind und deren Gestalt mir nicht mehr im Geringsten sauer aufstösst, auch wenn diese Feststellung rachsüchtig klingen mag, wenn nicht gar von dauerhaftem Neid gefärbt, was sie übrigens auch ist.

Ich habe also eine ordentliche Karriere als Ersatzspieler gemacht – so richtige Fortschritte gab es dabei nicht –, und fand beim wöchentlichen, allen zugänglichen Training wie auch bei den improvisierten Begegnungen im Dorf die Befriedigung, die mir am Wochenende bei den Meisterschaftsspielen, also den offiziellen Wettkämpfen mit dem Verein, dessen unauffälliges Mitglied ich war, oft versagt blieb.

Ehrlich gesagt frustrierte es mich, nicht zu spielen – ich würde lügen, wollte ich das Gegenteil behaupten –, aber es tröstete mich trotzdem, dort bei den Kameraden zu sein. Ich gehörte zur Familie, zur Truppe, die zum Wettkampf auszog. Man war nett zu mir. Man vergass mich nicht. Ich konnte mit den anderen die Siege feiern, an denen ich keinen Anteil hatte, konnte an den Tagen der Niederlage die gleiche düstere Miene aufsetzen wie sie.

Aufgrund dieser Erfahrung als Randfigur schaue ich mir heute aufmerksam die Gesichter der Ersatzspieler auf der Bank an, die bei Europacup-Spielen manchmal von den Fernsehkameras gezeigt werden. Mit einem Seufzer der Solidarität erkenne ich in ihren Augen einen leichten Schleier von Melancholie, den auch ihr Gehalt, so tröstlich es sein mag, nicht zu lüften vermag.

Denn das Dasein des Ersatzspielers ist im Vergleich zu dem eines gesetzten Spielers so wie das einer Nacktschnecke im Vergleich zu einer Weinbergschnecke. Ihm fehlt ganz einfach etwas.

Wenn mein Erinnerungsvermögen gut ist, und es ist gut, habe ich in dieser Zeit nur an einem einzigen Tag einen lang anhaltenden Schmerz erlebt. Mein Vater war gekommen, um mich spielen zu sehen. Zu meinem Glück oder Unglück waren wir genau elf. Wahrscheinlich eine Grippeepidemie. Ich durfte also gleich zum Anpfiff auflaufen. Er stand da, rauchte seine Gauloises, sah mir zu. Als echter Fussballkenner musste er mich nicht lange beobachten. Nach ein paar Minuten und mehreren von seinem Sohn verhauenen Bällen zerdrückte er seine Kippe mit der Fussspitze und ging zum Auto zurück.

Wir haben niemals darüber gesprochen. Wovon träumte er, für mich, für sich? Ich sehe heute Dutzende Väter am Spielfeldrand, die noch viel fordernder sind als er, voller Hoffnung für ihre Jungen, denen sie Anweisungen zurufen und die sie anfeuern, damit ihre eigenen Träume Wirklichkeit werden.

Sein rascher Abgang an jenem Tag und mein so grosser Schmerz haben mich von diesem vollkommen verrückten Verlangen geheilt. Unsere Kinder, Nanon, sollen werden, was sie wollen, was sie können. Und wenn sie Tänzer, Fussballer, Schauspieler oder Sänger werden, wenn sie einen dieser Berufe wählen, bei denen man sein Innerstes in der Öffentlichkeit nach aussen kehrt, werde ich am Tag ihrer Vorstellung der Letzte sein, der den Saal verlässt, und wenn nur ein einziger Zuschauer da sein sollte, werde ich dieser Einzige sein.

Mein Vater kam nie wieder zusehen, das war mir ganz recht. Ich war also frei, meiner Begabung entsprechend, unbemerkt zu bleiben, ohne darüber Rechenschaft ablegen zu müssen. Aber er und ich gingen trotzdem noch oft als Zuschauer ins Stadion. Eines Tages sammelte er im Wald neben einem Fussballfeld mitten in der Natur, ohne mir etwas zu sagen, unter dem Vorwand eines Spaziergangs mit dem Hund Herbstblätter von Ahorn, Eiche und Buche. Er schenkte sie mir, als wir nach Hause kamen, für mein Herbarium, das schon lange fertig sein sollte. Die Ahornblätter waren durch eine Krankheit mit schwarzen Punkten bedeckt und brachten mir eine Eins in Biologie ein, wahrhaft ein Erdbeben in meinem Zensurenheft.

Wenn unser Lieblingsverein ein Tor schoss und wir die Arme in den Himmel streckten, suchte und ergriff er manchmal meine Hand weit oben über unseren Köpfen und hielt sie fest. Ich liess es geschehen. Woanders gewährte er mir schon lange nicht mehr die Gastfreundschaft seiner warmen, nikotingelben Hand, und so war die Welt in Ordnung.

Ich sah auch, wie sich seine Augen mit Tränen füllten, als ein Mann von zarter Statur – um ihn zu sehen, rannten wir ins Stadion – wenige Meter von uns entfernt auf dem Rasen seine Musik, seinen Fussball spielte. Nach jeder neuen Glanzleistung suchte mein Blick den meines Vaters und fand ihn sofort, weil er ebenso nach meinem suchte. Wir hatten uns unendlich viel zu sagen, begeistert von so viel Feingefühl, aber wir sprachen nicht. Wir waren nicht allein in dieser Situation.

Der Fussball sagte alles, dem war nichts hinzuzufügen. Mit dem Gesicht eines Erstkommunikanten über dem zarten Körper eines Teenagers war Philippe Pottier der Erste, der mich mit seinem Spiel so bewegte, wie es eine Stimme, ein Musikinstrument, ein Gemälde vermag. Er bleibt für mich wie ein Buch, das man nicht vergisst. Ihm gelangen traumhafte Bewegungen, Volleys (ein Volley ist ein technisch sehr anspruchsvolles Manöver, das darin besteht, den Ball in der Luft zu treffen, bevor er den Boden berührt, dabei seine Flugbahn zu verändern und einen Torschuss zu versuchen); er reihte Finten aneinander, die das Stadion und den Gegner gleichermassen verblüfften. An seine Fussballhandschrift, in seinen ihm eigenen Wörtern, erinnere ich mich wie an Gedichte von überwältigender Schönheit. Du hättest ihn gemocht, wo du doch auch vor dem Fernseher stehen bleibst, wenn die Afrikaner auf den Rasen ihre verrückten Figuren tanzen, wenn Zidane den Verlauf eines Spiels umkehrt oder wenn ein Torwart seine Torhüterrolle vergisst, wenn die blühende Fantasie das Unerwartete entstehen lässt.

So reift, wächst und dauert die Liebe zum Fussball. Mal ist man ein kleiner Spieler und träumt, amüsiert sich, lässt seiner eigenen Findigkeit freien Lauf; dann wieder ist man Zuschauer und sieht, wie Spieler mit einem Ball wie unserem und auf einem Feld, das unserem gleicht, unglaubliche Dinge vollbringen, die uns erstarren lassen, uns blenden, und die wir doch verstehen, weil bei ihnen wie bei uns der Ball rund ist. Das erklärt vielleicht unser Vergnügen, auch fern der Stadien, fern der Gerüche des Lebens, die Spiele im Fernsehen anzuschauen. Es gibt Fans von Serien, die gierig darauf warten, die neuesten Verwickelungen zu erleben, wir sehen Fussball und wissen, dass hier oder dort dieser und jener für uns das Unmögliche erfinden wird, das nie Gesehene, vielleicht erwartet uns nur Langeweile, vielleicht aber auch der Glanz, denn nichts ist von vornherein festgelegt.

Fussball zu spielen, nicht mal sehr gut, hindert einen nicht daran, älter zu werden und schliesslich erwachsen. Im Gegenteil. Und erwachsen zu werden hindert einen nicht daran, weiter Fussball zu spielen. Mit fünfzig Jahren setze ich meine gänzlich der Anonymität geweihte Laufbahn fort und spiele immer noch. Mit anderen Fussballern, die etwas jünger oder etwas älter sind und von denen einige früher das Publikum recht bedeutender Stadien begeisterten.

Einige sind im Laufe der Jahre am Wegrand zurückgeblieben, Kindheitsfreunde und auch einige der geschmeidigen, schnellen Burschen, die früher mit den Mädchen ausgingen und denen ich aus der Ferne zusah. Sie sind verbraucht. Ihre Hüften versagen und schreien nach Prothesen, ihre Gelenkknorpel können nicht mehr und hoffen auf die Fortschritte der Wissenschaft. Sie müssen den Fussball aufgeben, der uns zwei- oder dreimal in der Woche zusammenbringt, uns und so viele andere auf der Welt, in jeder Jahreszeit und bei jedem Wetter.

Ich habe dir gestanden, wie erbärmlich glücklich es mich in meiner Jugend gemacht hätte, die Besseren aus meinem Gesichtsfeld verschwinden zu sehen. Heute erlebe ich den Geschmack der wahren Wehmut, wenn ich sie nicht mehr auf den Bänken in der Kabine treffe, wo sie ihre empfindlichen Körper verbanden und bepflasterten, um noch ein Spiel, wenigstens ein Spiel noch zu schaffen. Ihr leicht ergrautes Talent, das dazu passende Gesicht und ihre Launen fehlen meinen Augen und meinem Herzen. Ich bin traurig, dass ich mit ihnen keinen Doppelpass mehr wagen und manchmal auch schaffen kann (ich erkläre es dir ein paar Zeilen weiter), dieses «Eins-zwei», wie wir hier sagen, das uns vor gar nicht langer Zeit noch für Stunden und Tage glücklich machen konnte – und wenn ich glücklich sage, meine ich wirklich glücklich.

Auch das vermag der Fussball. Er lehrt dich, dass die Konkurrenten, die besser sind als du, Freunde werden und bleiben können. Im Alltagsleben, im Berufsleben, überall dort, wo man von Rentabilität, Gehalt oder Hierarchie spricht, wo ein völlig anderer Wettbewerb herrscht, der ganz andere Ziele hat, ich bin mir nicht sicher, ob da ein Konkurrent oder ein Vorgesetzter wirklich bis zum Schluss ein Freund sein kann. Vielleicht, aber sicher bin ich mir nicht.

Reden wir vom Doppelpass. Es ist egal, wenn Abseits, Ecke, Strafstoss und diese ganzen Sachen für dich böhmische Dörfer bleiben, ich erkläre es dir noch zehnmal, tausendmal, wenn du willst, so oft wie du willst, mit Schemata und Zeichnungen, weil das nur technische Feinheiten unter anderen Punkten des Reglements sind. Aber den Doppelpass musst du kennen, das «Eins-zwei» musst du geniessen können, wenn die grossen Fussballer dieser Welt die Liebenswürdigkeit besitzen, es uns einmal im Fernsehen vorzuführen.

Also los. Wir spielen in einer Mannschaft. Ich habe den Ball, ich spiele ihn dir zu, du passt ihn mir sofort zurück. Das ist es schon, na ja, fast. Du hast den Ball, du spielst ihn mir zu, ich spiele ihn dir direkt zurück, ohne Zwischenschritt. Stell dir das in der Realität vor: Du hast den Ball an deinem Fuss, du willst vorwärts laufen, aber ein Gegner versperrt dir den Weg. Du hast mich gesehen, erspäht, du weisst, dass ich dahingekommen bin, neben dich, ein paar Meter entfernt oder ganz nah, um dir zu helfen. Also spielst du mir den Ball zu, damit er ihn dir nicht abnimmt, und während der Ball zu mir rollt, umläufst du diesen Gegner. Meine Aufgabe besteht darin, dir den Ball hinter ihm zurückzugeben, im perfekten Augenblick, damit du mit dem Ball weiter in die von dir gewählte Richtung rennen kannst. Nach vorn, in die Unendlichkeit, deinen eigenen Ideen entgegen, anderen Doppelpässen, dem Tor, all deinen Träumen, denn du bist im Besitz des Balls und du kannst deiner Fantasie freien Lauf lassen.

Der Doppelpass ist ein kurzer Dialog, der darin besteht, den anderen wahrzunehmen und zu hören. In einem Spiel, egal in welchem, bleibt nicht viel Zeit, um sich zu verstehen, sich über dieses Gemeinschaftswerk zu verständigen und es durchzuführen. Wenn es gelungen ist, wenn ein Blick ausreichte, wenn die feine Wahrnehmung der Absichten und der Bewegung des anderen einen Doppelpass möglich gemacht hat, dann verschafft einem das neben der rein sportlichen Bedeutung eine tiefe Befriedigung, weil man die Gewissheit hat, für einen Moment mit einem Mitspieler ein vollkommenes Einvernehmen erlebt zu haben.

Egal wie alt du bist, ein gelungenes «Eins-zwei» muss ausführlichst besprochen werden, vor allem, wenn es zu einem Tor führt. Kann schon sein, dass man die anderen damit langweilt. Manchmal übertreibt man auch, vergisst dabei alle verpatzten Doppelpässe, und mit der Zeit werden die gelungenen, von denen die Rede geht, immer schöner, schwieriger und aussergewöhnlicher.

Die grossen Fussballer spielen Doppelpässe, die kleinen Fussballer spielen Doppelpässe, und das Glück der einen, davon bin ich überzeugt, schmeckt nicht anders als das der anderen.

Im Alltag kann ein Doppelpass auch ein Blick sein, ein subtiles Scherzwort, das zwei Angestellte – die es als Einzige verstehen – wechseln, während sie vor einem übel gesinnten Vorgesetzten stehen. Da kommt mir eine Jugenderinnerung in den Sinn, die von einem Doppelpass erzählt, der sich wie von selbst eingestellt hat.

Ich war vielleicht vierzehn, fünfzehn. Als ich eines Abends vom Training zurückkam, hatte ich einen gleichaltrigen Freund auf dem Gepäckträger meines Mofas. Natürlich war das verboten. Und natürlich sah uns die Polizei, verfolgte uns und hielt uns an. Und dort, auf dem Bürgersteig, während die Polizisten den Busszettel aufsetzten, der unser ohnehin schon mageres Taschengeld zusätzlich ausdünnen würde, begannen wir gleichzeitig in einer spitzbübisch aufrührerischen Anwandlung wie kitschige Revolutionäre das Lied vom Aufruhr auf dem Marché de Brive-la-Gaillarde von Georges Brassens zu pfeifen, in dem die Gendarmen aufs Gröbste beschimpft werden. Die Polizisten hatten nichts davon gemerkt: Spontan hatten wir einen musikalischen Doppelpass gespielt, unser ganz privates «Eins-zwei», das uns immer noch vereint wie eine ruhmreiche Seite in unserem Fussballerleben.

Ich habe dir schon von denen erzählt, die nicht mehr spielen, aber ich muss auch noch die Kinder in meinem Alter erwähnen, die immer noch spielen. Sie, ich. Wir rennen nicht mehr so schnell – wobei mir meine Freunde versichern, dass ich nichts von meiner Langsamkeit verloren habe –, wir springen weniger hoch oder gar nicht mehr, unser Charakter wird im Laufe der Jahre nicht besser, wir sind nachtragender denn je. Aber wir lieben uns. Und es ist wie früher, wie gestern, man gibt uns einen Ball, und alles beginnt von vorn. Viele von uns stimmen ihre beruflichen Termine mit Rücksicht auf unsere Spiele der Veteranen- und bald schon Seniorenliga ab. Wir geniessen da einen enormen, aber wohl verdienten Vorteil, um den uns die echten Kinder beneiden, die erst die Schule hinter sich bringen müssen, ehe sie endlich Fussball spielen dürfen.

Stell dir vor, manchmal wechseln wir zwischen der Ankunft auf dem Platz und der Heimfahrt nur ein Wort, zum Beispiel *salut,* mit einem Freund, obwohl wir froh waren, ihn zu sehen, an diesem wie an jedem anderen Tag. Die Freundschaft und die Verbundenheit haben wir in die Pässe gelegt, die wir ihm zugespielt haben, oder in die Verbissenheit, mit der wir seine Pläne durchkreuzten, je nachdem, ob wir in derselben Mannschaft waren oder nicht (die Zusammensetzung dieser Mannschaften ist übrigens eins der besonders heftig diskutierten Themen bei unseren Treffen auf dem Rasen. Vor allem nach dem Spiel).

Ich sehe sie an, diese fünfzigjährigen Kinder neben mir. Ich sehe zu, wie sie sich wie Männer aufspielen und davon träumen, welche zu sein, während sie sich wegen Kleinigkeiten anschreien (war der Ball wirklich im Aus?), während sie voller Wut versprechen, dass sie nie wieder kommen, und sehr wohl wissen, dass sie in zwei Tagen wieder aufkreuzen werden.

Jeder von uns hat schon mal aufbrausend die Tür zugeknallt und seine Fussballerkarriere ein für alle Mal für beendet erklärt. Um dann ein, zwei oder auch drei Trainingsstunden später zurückzukommen. Selten mehr. Zwischen dem Abschied für immer und der Rückkehr, als wäre nichts gewesen (übrigens wäre niemand so geschmacklos, diesen Meinungsumschwung zu kommentieren), hatte man Zeit zum Nachdenken, manchmal sogar Zeit, zu der Schlussfolgerung zu gelangen, dass man vielleicht gar Unrecht und der andere letztlich womöglich Recht hatte ... So ist es eben, die Zuneigung ist stärker, uns treibt die Leidenschaft, die uns zu den Freunden zurückbringt, zum Ball, auf den Rasen, zu den Gelenkschmerzen und all den Wehwehchen an delikaten Körperpartien wie Knien, Hüften, Knöcheln, die sich mit der Zeit einnisten und nicht mehr verschwinden. Sie bemächtigen sich der Haut des Fussballspielers und seiner Knochen, nisten sich in ihm ein, fühlen sich wohl, nehmen zu und wachsen, während er welkt und sich beugt.

Ich habe nicht ganz die Wahrheit gesagt, als ich meinte, man komme nach einem Wutanfall zurück, als sei nichts gewesen. Manche Tage nach so einem Ärger sind schon erstaunlich. Wenn man mit einem Mitspieler aneinander geraten ist, sagt man vielleicht gerade mal so viel, um nicht unhöflich zu sein, zeigt ihm jedoch damit, dass man immer noch nachtragend ist, was einen wiederum nicht daran hindert, ihm trotzdem die besten Pässe zuzuspielen. Wenn Worte verlegen machen und das Schamgefühl verletzen, kann der Ball ein hervorragender Übersetzer der wahren Gefühle werden. Wir setzen uns schon fast der Lächerlichkeit aus mit unserer Verklemmtheit à la John Wayne in seinen schlimmsten Macho- und Heldenwestern. Wir spielen die harten Kerle, die keinen Fussbreit zurückweichen. Und trotzdem wissen wir alle, wie empfindsam und verletzbar wir sind, ständig auf der Suche nach Liebe und Anerkennung, wir wissen, dass es uns in den Kopf steigt, sobald man uns für eine gute Aktion lobt, während wir zusammenbrechen, sobald uns jemand einen Vorwurf macht, auch wenn er manchmal berechtigt und sehr freundlich formuliert ist.

Vielleicht ist gerade das das Schöne beim Fussball, aber das habe ich dir wahrscheinlich schon gesagt. Genau das bindet uns an ihn. Das Spiel, das immer wieder von vorn anfängt. Alles fängt immer und immer wieder von vorne an. Alles ist vergeblich, weil vergänglich, aber alles lässt sich immer wieder neu aufbauen. Der Traum, es gut, es besser zu machen. Besser zu verstehen und besser verstanden zu werden. Wenn wir spielen, ja, wenn wir einfach so spielen, mit nichts als einem Ball, nur einem Ball, in einer Welt, in der immer neue Vergnügungsparks und Freizeitzentren entstehen und man sich immer weniger amüsiert. Alles fängt von vorn an, das Spiel, die Geschichte der Freundschaft, die Auseinandersetzung, die Momente des Friedens, die auf Augenblicke der Gereiztheit folgen. Die aufkommende Melancholie, wenn man an seine eigenen Grenzen stösst, die Verschleisserscheinungen, die auf Zeiten innerer Gelassenheit folgen, wenn man vollbracht hat, was man sich vorgenommen hat, oder sogar etwas mehr, die Tage der Leichtigkeit.

Der Fussball ist so charmant, seinen Anhängern eine Vielzahl kurzer Leben in Form der Spiele anzubieten. Ob man ein Spiel nun verpatzt hat oder ob es gut geht, man lässt es hinter sich und macht sich an das Nächste, mit der gleichen Ungewissheit, mit den gleichen Risiken, aber auch mit der gleichen Empfindung, dieses Leben auf einer Ebene mit allen anderen zu führen, mit den gleichen Rechten und den gleichen Pflichten. Und gleich noch ein Geschenk des Fussballs: Man macht ein Leben lang Fortschritte und jeder kann in seinem eigenen Spiel, in seinen eigenen Ideen, in seiner Sicht der Dinge Verbesserungen bemerken, wie sie gerade bei Spielern, die bei null oder wenig mehr angefangen haben, besonders spürbar sind. Was für ein Glücksgefühl, wenn sich unter den schon weissen Haaren endlich das Auge geschärft hat und man den Winkel erspäht, aus dem heraus sich womöglich ein Pass in die Tiefe spielen oder ein viel versprechender Schuss abgeben lässt. Beim Fussball kann die Intelligenz sich mit dem Alter paaren und den lahmen, ächzenden Körper sich selbst überlassen.

Du weisst ja sehr gut, dass die Alten in dieser Zeit eines machtvollen Jugendkults nicht mehr so angesehen und gehört werden, wie es angebracht wäre. Beim

Fussball ist es genau das Gegenteil. Die Spieler von einst werden gegrüsst und respektiert. Ich kenne einen Alten, der ganz oben mitgespielt hat und der, wie er sagt, spielen wird, so lange ihn seine kurzen, muskulösen Beine tragen. Ich beobachte ihn bei unseren Spielen und sehe, welche Sorgfalt er immer noch und immer wieder darauf verwendet, uns richtige, präzise Pässe zuzuspielen, die uns selbst aufwerten, so als spielte er mit den Champions dieser Welt. Er macht das für alle, für die Jüngeren und für die Älteren, für die Unbegabten, für diejenigen, die nie einen anderen Ruhm genossen haben als jenen der Freude am Spiel. Seine Pässe zeigen es uns, sie lehren, lieben und respektieren uns. Wir sehen sie an und entdecken, wie man hier und überall von diesen künftigen Vorfahren lernen kann, von diesen alten Freunden, die die Welt isolieren und vergessen will, damit sie ihr nicht mehr widersprechen.

Ich habe vorhin von Zärtlichkeit gesprochen. Ich glaube nicht, dass Männer weniger zärtlich sind als Frauen. Ich glaube einfach, dass sie nicht wissen, wie sie ihre selbstlose Sanftheit zeigen sollen, weil ihre Väter, die es nicht von ihren Vätern gelernt hatten und so weiter, sie nichts Derartiges gelehrt haben. Beim

Fussball geht es nicht um Gefühlsduselei. Der Einsatz ist zu gross. Welcher Einsatz denn? Ich weiss es nicht. Aber er ist in jedem Fall zu gross. Ich wiederhole es trotzdem: Wir bitten den Ball, für uns zu sprechen. Und manchmal geschieht es, dass unser Fuss ihm einen Weglauf vorzeichnet, der einer hübschen Formulierung gleichkommt.

Sieh dir Zidane an, Nanon, sieh dir Zidane an, sieh dir den Ball an, den er zu Raúl, zu Figo, zu Trézéguet, zu Henry gleiten lässt, zu all denen, die mit ihm sind, sieh dir den Ball an, der rollt, als mache es ihm Spass, sich auf sein Ziel zuzubewegen. Sie sind Millionare, aber sie spielen sich den Ball zu, wie es auch die nackten Kinder auf einem kahlen Spielfeld in Afrika machen. Sie sind alle, wir sind alle Zidane, irgendwo in uns drin, weil sich unser Ball, auch wenn er nie vor Wonne schnurrt, doch oft beladen mit guten Absichten auf den Weg macht. Und es macht Spass, ihn anzunehmen, exakt auf uns zugeschnitten, auf unser Tempo, unsere Langsamkeit, unser Denken abgestimmt.

Wir werden beileibe nicht von allen geliebt, wir Fussballspieler.

Man hält uns die Umarmungen nach einem Tor vor, als würde so ein kollektives und vergängliches Werk, in dem sich mehrere unterschiedliche, einander ergänzende Geister gemischt und verbunden haben, als würde so ein Werk, von dem schon in dem Augenblick, da es geboren wird, nichts anderes mehr bleibt als die Erinnerung, als würde dieses Werk nicht so einen körperlichen, kindischen und kindlichen Gruss verdienen, ja, warum eigentlich nicht? Es ist schon vorgekommen, dass ich einen Kuss auf die schweissnasse Wange eines Kameraden gedrückt habe, um ihm für seinen Superpass zu danken, und weder war ich von der Salzschicht, die sich auf meine Lippen legte, besonders abgestossen noch übermässig erregt.

Man hänselt uns gern mit einem Schockargument: «Geben wir doch jedem einen Ball, damit sie sich nicht mehr um einen einzigen prügeln müssen!» Nichts als reine Geringschätzung: Wir wollen den Ball nicht um des Balls willen, wir wollen ihn, um daraus, im Rahmen unserer Möglichkeiten, alle zusammen etwas zustande zu bringen. Daher das Glück über einen gelungenen Doppelpass, daher der ritualisierte Torjubel, daher die Solidarität, aus der Freundschaft entstehen kann. Jedem ein Ball, Langweile pur.

Man macht sich oft über unser Verhalten während der grossen Turniere wie Welt- oder Europameisterschaften lustig. Man beschreibt uns als dickbäuchige Fernsehgucker in ihren Sesseln, die sich von ihren zu Dienstmädchen degradierten Ehefrauen mit Bier und belegten Broten versorgen lassen. Der Mann ist ein dicker, vulgärer, fauler Macho. Und die Frau seine Sklavin. Die Spiesser jedenfalls brauchen keinen Fussball, um Spiesser zu sein und zu bleiben und ihre Frauen zu Mägden zu machen.

Apropos Frauen, weil wir gerade davon reden: Wäre es vorstellbar, dass es für sie ein Betätigungsfeld gibt, das mit dem Fussball vergleichbar wäre, indem sie in einer gemeinsamen Bewegung eher Stimmungen als Worte austauschen, eher Körper als Blicke kreuzen, ihre Talente vereinen würden? Und das sie überall auf der Welt wieder finden könnten? Fehlt ihrem Leben nicht diese rein spielerische Begegnung, die Verbissenheit und eine gewisse Kindlichkeit kultiviert, aber auch Aufrichtigkeit und den Charme, den Spass um des Spasses willen zu geniessen? Wenn eines Tages so ein Spiel in der Welt der Frauen zutage treten würde, ich bin überzeugt, dass die Fussballspieler dann die Ersten wären, die aufspringen würden, um ihren Frauen äusserst liebenswürdig und mit grosser Eleganz alles Notwendige zu servieren, um während der grossen Fernsehübertragungen ihrer Leidenschaft das Überleben zu garantieren.

Liebe Nanon, ich habe mir oft gedacht, dass der Fussball deshalb verschrien ist und eifersüchtig macht, weil er rund um die Welt so populär ist. Und weil man nur die Ausschreitungen sehen will und vergisst, was er der Welt bringt und dem Kind, ja, dem Kind, dem er eine andere Familie anbietet, eine zusätzliche Familie, geduldig und ungeduldig, gerecht und ungerecht, leicht zugänglich und anspruchsvoll, sanft und grob, grosszügig und erbarmungslos. Eine Familie ganz wie das Leben. Aber eine Familie, die fortbesteht, die sich regeneriert, die immer da ist und ihre festen Gesetze hat, eine Familie, die auch morgen noch da sein wird. So lange der Ball rund ist.

Stellen wir uns vor, dass Intellektuelle, die den Fussball für gewalttätig und spröde halten, durch den Dschungel laufen. Stellen wir uns weiter vor, dass sie auf einer Lichtung drei nackte Männer beobachten, die sich mit den Füssen eine kleine Fellkugel zuspielen, die sie sich hin und her passen, ohne dass sie je zu

Boden fällt. Die fassungslosen Zeugen dieses Schauspiels würden in diesem Spiel ganz sicher den Ausdruck einer faszinierenden Kultur sehen, eine bewundernswerte Tradition, von der sie glauben würden, dass sie seit Urzeiten die blutigen Schlachten durch das Ausrichten von Jonglierpartien zwischen den Stämmen, vermeidet. Sie würden die Strukturen und die Tragweite, die Grundlagen und die sozialen Auswirkungen analysieren und daraus genug Stoff entnehmen um auf Konferenzen in der ganzen Welt jenes Beispiel zu rühmen, dem wir besser folgen sollten, wir zivilisierten Völker, anstatt echten Krieg zu spielen.

Ich bin fünfzig. Ich rede und rede. Ich hätte dir gern den Sinn der Begriffe erklärt, die im Fussball so schön klingen. Bananenflanke, Bogenlampe, Schwalbe, Fallrückzieher und Tunnel, aber ich habe dir lieber von mir erzählt. Von uns. Von ihnen. Von den Fussballspielern. Alle gleich und jeder anders. Aber irgendwas ist uns allen gemeinsam.

Sag mal, du erinnerst dich doch, dass ich vor einer Weile Probleme mit dem rechten Hoden hatte. Als ich nach der Operation unter der Dusche stand, haben die Kumpels die Verklemmten gespielt (immer noch

John Wayne, wir fluchen zwar ständig rum, aber die Eier sind irgendwie heilig). Diskrete Blicke auf mein rasiertes Schamhaar. Alles in Ordnung? Alles in Ordnung. Das war's. Unter der Dusche war es wie immer, wir haben das Spiel ausgewertet, haben es erklärt und vor allem tausend Tricks, Finten und Schliche eingesetzt, um den eiskalten Wasserstrahl auf den Nachbarn zu richten, der gerade beim Waschen die Augen geschlossen hatte. Darüber kann ich mich mehr amüsieren als über jeden Komiker. Wenn ich daran denke, muss ich sofort lachen und bin wieder sechs Jahre alt. Beim Verlassen der Garderobe hat mich ein Kumpel gefragt:

«Alles ok mit deinem Hoden?»

«Alles ok.»

«Weisst du, ich habe auch schon ewig so eine Sache, über die ich nicht rede. Ich habe einen Knick im Penis. Aber das sieht man nur, wenn er mir steht. Ich habe mich deswegen lange geschämt. Aber jetzt ist es mir egal. Ich habe mit meinen Frauen darüber geredet, mit meiner Frau. Ihr ist es auch egal, sie findet es lustig. Bis Donnerstag, mein Lieber.»

Eines Tages werde ich sterben. Ich werde schon mal ein bisschen sterben, wenn ich nicht mehr spielen, keinen Ball mehr hochheben und jonglieren kann.

An dem Tag, wo ich mir nicht mehr sagen kann, dass ich morgen vielleicht Fussball spielen gehe.

Der Fussball hat mir ganz allmählich erklärt, wer ich bin: Ein Kind, das gern spielt, und ein Erwachsener, der es liebt, dieses Kind in sich zu spüren.

Eines Tages werde ich sterben, aber ich komme wieder.

Dann bin ich ein grosser Spieler, du wirst meine Frau und unsere Kinder werden unsere Kinder sein.

Ich werde ein grosser Spieler sein und stundenlang Autogramme für die Jungs geben, die vor dem Stadion auf mich warten.

Ich werde unterschreiben, mit ihnen reden, ihnen erzählen, dass es mal einen Spieler namens Zidane gab, einen Pottier, einen Pelé und einen Platini, und dass sie meine Freunde waren, auch wenn sie mich nicht kannten.

Ich werde ihnen erzählen, dass es damals schon den Ball und die Männer ringsherum gab. Ich werde ihnen erklären, dass sie an gewissen Tagen, wenn ihnen der Ball schwer vorkommt, wenn er nicht macht, was sie wollen, einfach weiter und weiter spielen sollen, bis irgendwann eine neue Leichtigkeit entsteht. Irgendetwas zwischen ihnen und ihm.

Ich werde ein Buch schreiben, das mein Leben erzählt. Nein, ich werde ein Buch schreiben, um ihr Leben als Kinder zu beschreiben, die spielen, die in ihren Dribblings und in ihren Schüssen, in ihren Pässen und ihren Umarmungen Geheimnisse verbergen oder ihr Glücksgefühl offenbaren.

Ich werde erzählen, wie sie eines Tages feststellen, dass sie erwachsen sind, ich werde von ihrer Erleichterung erzählen, weil sie auf der Welt nie allein sind.

Aber jetzt reicht es für heute, Nanon. Danke, dass du so weit gelesen hast. Ich muss raus. Es ist noch nicht dunkel.

Im Garten sitzt ein Kind unter dem Flieder.
Es hat die Hände schon in den
Torwarthandschuhen.
Es hat einen Ball auf dem Schoss.
Es wartet auf mich um zu spielen.

Postskriptum

Da bin ich wieder, Nanon. Acht zu sechs verloren. Das Kind, im Spiel, war wunderbar respektlos zu seinem Vater. Seine Streichholzbeine attackierten meine, auf denen sich schon die ersten blauen Krampfadern abzeichnen. Wir haben viel gelacht, aber ich habe verloren. Er wird gut schlafen.

Jetzt ist die Nacht hereingebrochen und flüstert mir zu, dir noch von drei Freunden zu erzählen. Von François. Von Maurice und Bruno. Man erinnert sich, und Personen, die Teil unserer Geschichte sind, kehren zurück, andere, die sich hinter den Ersten versteckt hatten, tauchen auf.

François war winzig mit seinen sieben Jahren, ganz in Blau und Rot gekleidet, wenn er furchtlos zu den Grösseren kam, um mit ihnen zu spielen. Mit uns zu spielen. Er fragte nicht, ob er dürfe. Er spielte. Die Tage waren selbst im Sommer niemals lang genug, damit er dribbeln, schiessen, fluchen konnte, so viel er wollte. Eines Tages, er war immer noch nicht sehr gross, machte er in einem Winkel seines Hauses die wohl schrecklichste aller Entdeckungen. Seine Mutter, eine sanfte Frau, die den Tisch für alle Fussballkinder der Gegend gedeckt hätte, wenn man sie darum gebeten hätte, hatte sich das Leben genommen, hatte in wenigen Sekunden ihre Familie und ihre allzu schmerzhafte Krebserkrankung verlassen. Der kleine François begrub das Bild dieser letzten Begegnung mit seiner Mutter in sich und kam noch öfter zum Fussball, spielte jedes Match, um es zu gewinnen, als verberge sich hinter dem Sieg ein Licht. Seine Fortschritte, sein Weg, seine Vereine und das, was man seine Laufbahn nennt, all diese Einzelheiten gehen in meiner Erinnerung durcheinander, und ich kann nicht sagen, welcher Spieler er in seinen besten Stunden als Profifussballer wirklich war. Aber ich weiss, wie viel Spass wir hatten, den Spass von Zeitdieben, wenn wir mit ihm und ein paar anderen Jungs aus dem Dorf unsere Nachtspiele veranstalteten. Die paar Jahre, die ich François voraushatte, berechtigten mich zum Autofahren, und das Bündel Tausenderscheine, das mir mein Vater – ohne Zinsen und ohne zu diskutieren – borgte, ermöglichte mir den Kauf meines ersten Autos, vier Räder und Scheinwerfer, gerade das, was wir brauchten, um unseren Plan zu verwirklichen. Ich stellte das ozeanblaue Fahrzeug – in der Farbe meiner Träume – in die Dunkelheit, mit laufendem Motor, die Scheinwerfer auf ein Tor gerichtet. Und dort, weit weg vom Rest der Welt, unter den schönsten Scheinwerfern des schönsten Stadions der Welt, verlängerten wir die Tage, um uns im Toreschiessen zu üben. Ich treffe François oft. Wahrscheinlich trinken wir morgen wieder einen Kaffee miteinander. Er wird sich in seinen Zeitungsstapel vertiefen, die Sportseiten lesen. Die Fussballseite. Er hat gerade ein schlimmes Jahr hinter sich, denn die Krankheit, die seine Mutter verzweifeln liess, hat sich auch ihm genähert. Wir trinken Kaffee und reden über Fussball. Wenn es sein muss, schalten wir morgen wieder die Scheinwerfer vor dem Tor an.

Jetzt Maurice und Bruno.

Es wurde höchste Zeit, etwas mit meinem Leben anzufangen. «Wenn du so weitermachst, wirst du Streckenwärter oder klopfst Steine für den Strassenbau», warnte mich mein Vater unweigerlich jedes Mal, während er meine Zeugnisse unterschrieb, von denen eins so mies war wie das andere.

Das Glück kam mir zu Hilfe und packte mich am Kragen, kurz bevor ich endgültig auf der Strasse landete. Was, nebenbei gesagt, durchaus seinen Reiz haben kann, aber für meine zarten Schultern und meinen empfindlichen Rücken doch nicht so ganz geeignet war. Ein Freund meines Vaters, der meine Jungenwünsche nicht überhört hatte, sagte mir, dass eine Journalistenschule in Paris Aufnahmeprüfungen auch für jene durchführe, denen ordentliche Abschlüsse fehlten. Und die fehlten mir wahrhaftig.

Noch einmal hatte ich Glück: Ich überwand alle Hindernisse und wurde mit dem Prädikat «gut» zugelassen. Also sass ich zwei Monate später im Zug nach Paris, mit Büchern, Heften, einem Paket mit Broten und einem Glas Konfitüre von meiner Mutter im Koffer, dazu natürlich meine chronische Schüchternheit, aber kein Ball.

Beinahe hätte ich das Fehlen dieses unverzichtbaren Kameraden vergessen, als der Zug, ehe er die Hauptstadt erreichte, durch die lang gestreckte Vorstadt fuhr, die mich erwartete, um etwas aus mir zu machen. Aus dem Fenster erblickte ich die Schule. Ein neues Gebäude aus Beton und Glas, ziemlich futuristisch: In so einem Gebäude würde ich mein Schicksal meistern können. Ich war schon nicht mehr derselbe, als ich an der Gare de Lyon ausstieg und im Vorortzug zurück zur Schule fuhr. Sieben Stationen später war ich angekommen. Das erste Hotel trug den Namen des Landes: Hôtel de France. Ich reservierte mir ein Zimmer für eine Nacht, dann nahm ich die erstbeste Seitenstrasse und machte mich auf die Suche nach dem tollen Gebäude. Nach einem kurzen Stopp am Fussballfeld erreichte ich meine Schule. Glas, Beton, eine Tür. Und über der Tür blaue Lettern, die mich auslachten: «Spital und Leichenhalle». Unsanft abgekühlt machte ich mich wieder auf den Weg, um die Anwohner nach meinem künftigen Unterrichtsort zu fragen. Niemand im Dorf hatte eine Ahnung.

Da das Rathaus geschlossen war, kehrte ich ins Hôtel de France zurück. Bruno war da. Er wusste Bescheid. Der zartgebaute Mann erklärte mir, wie ich die Schule finden würde, die in alten, seit Jahren vom Abriss bedrohten Gemäuern lag. Anmeldung bei der Sekretärin, die wahrscheinlich schon den Bau dieser Gebäude miterlebt hatte, und dann leicht verdrossen zurück ins Hôtel de France. Bruno war immer noch da, Maurice lächelte mir neben ihm entgegen. Das Panaché war in der Begrüssung mit einbegriffen. Hinter dem Tresen standen die beiden Männer Schulter an Schulter. Ich suchte für die nächsten Monate ein Zimmer, sie hatten fünfzehn. Da kam Gérard, der ebenfalls an der «Hochschule für Rundfunk und Fernsehen» eingeschrieben war. Er wollte auch ein

Zimmer. Er nahm dasselbe wie ich. Zu zweit war es billiger. Alles war geklärt, unser Gepäck drei Minuten und zwei Panachés später verstaut. Maurice und Bruno beherbergten uns drei Monate, wir bezahlten nur einen einzigen.

Maurice hatte Fussball und Rugby gespielt, dann hatte er sich scheiden lassen und sein Coming-out gehabt. Bruno, ebenfalls geschieden, sah sich die Spiele im Fernsehen an, um Maurice einen Gefallen zu tun, aber er hasste die Stadien und die Brutalität der Menschen, die er dort sah. Maurice und Bruno liebten einander sehr, und sie liebten auch uns, Gérard und mich.

Sie hatten einen Schimpansen, Judy, und einen Mieter, den sie Hitler nannten. Der alte Mann mit steifem Nacken und Holzbein sah aus wie der Doppelgänger des Diktators und sprach nur Deutsch. Maurice und Bruno beobachteten ihn durch ein Loch, das sie in die Wand gebohrt hatten, weil sie hofften, ihn in seinem Zimmer kompromittierende Dinge auspacken zu sehen. Sie waren überzeugt, dass der Mann wirklich Hitler war und dass sie eines Tages durch diese Enthüllung reich werden würden. Sie fotografierten ihn und hielten sich für diskret, sie verglichen ihre Bilder mit denen aus den Geschichtsbüchern und erlebten so einen spannenden Krimi.

Jeden Sonntag kochte Maurice, der Koch, für die Familien, die Tische reserviert hatten, köstliche Mittagsmenüs. Und jeden Sonntagabend sassen Gérard, Bruno, Maurice und ich am Tisch, um Austern und Braten, Geflügel und Kuchen zu vertilgen, die die Gäste nicht geschafft und manchmal nicht einmal angerührt hatten.

Judy verbrachte viel Zeit mit uns. Maurice zog ihr manchmal ein Fussballtrikot an, zur Erinnerung an die Zeit, in der er vorgab, ein richtiger Mann zu sein, wie er sagte. Judy sprang von einem Arm zum anderen, fing im Flug die Austernschalen, und Maurice begeisterte sich über ihr Torwarttalent.

Maurice und Bruno beschlossen eines Sonntags, sich freizunehmen und bei ihren einstigen Familien zu essen. Eine Pflichtveranstaltung. Ein Essen, das ihnen nicht besonders viel Spass machte. Ein Essen, bei dem zu viele leere Worte gesagt werden. Judy würde wie immer im Keller bleiben. Wir hatten beschlossen, uns abends im Hôtel de France zu treffen, um ein Würstchen und eine Scheibe Brot zu essen, da es diesmal keine Reste geben würde. Wir würden wie so oft, wie immer, bei ein paar Runden Tischfussball enden, die mir ab und zu die vage Erinnerung an die Gefühle auf dem Spielfeld verschafften.

An dem Abend kamen Gérard und ich kurz nach Maurice und Bruno nach Hause. Als ich die Stufen zum Bistro hinaufging, sah ich hinter der Theke Maurices vom Lachen verzerrtes Gesicht, Judy in ihrem Trikot presste er an sich. Ich stiess die Tür auf.

Maurice lachte nicht, er weinte. Bruno zu seinen Füssen sagte, er wolle nicht mehr leben. Judy hatte sich im Keller mit ihrem Halsband an einem alten Haken erwürgt.

Es gab nichts zu sagen, wahrscheinlich haben wir deshalb bis zum Morgengrauen geredet. Von Judy, von den Schwulen, von den Frauen, die sie gekannt hatten, von den Familienmahlzeiten, die man meiden sollte, wenn sie uns langweilten, von Rugby und von Fussball. In dieser verdammten Nacht waren wir eine Mannschaft.

Nach Judys Tod änderte sich das Leben von Bruno und Maurice. Einen Monat später verkauften sie ihr Hotel. Sie machten sich in einem Caravan auf den Weg, auf der Suche nach Fussballspielen, um dort Fritten, Waffeln und Crêpes zu verkaufen. Ich habe sie in Marseille, in Lyon, in Lens, in Paris, in Nantes und Calais gesucht, vor allen Stadien, wo sich die weltbesten Merguez- und Frittenspezialisten drängten, deren Abendgeschäft durch einen einzigen Regenschauer verdorben werden kann. Ich habe sie nicht wieder gefunden.

Ich hätte ihnen gern gesagt, viel besser als ich es mit neunzehn konnte, dass unsere sonntäglichen Doppelpässe noch in mir waren, tief in meiner Brust verwahrt. Auch, dass Judy, das schöne Affenmädchen in seinem roten Trikot, Judy die Gierige, wirklich eine verflixt, eine höllisch gute Torhüterin war.

Ich mache jetzt Schluss, Nanon. Ohne zweites Postskriptum. Aber noch zwei, drei Kleinigkeiten. Ich mag die Tränen der Fussballer, wenn die Niederlage da ist, wenn sich das Gefühl einer grossen Leere ausbreitet, wenn das Glück stirbt, wenn das Spiel verloren ist. Ich mag die Dunkelheit, aber auch den grauen Himmel über dem Stadion. Ich mag es, nach einem Regenschauer die Regenwürmer zu zählen, die auf dem Spielfeld verschreckt herausgekrochen kommen. Ich mag die Möwen, die sich im Winter mitten in die Tore setzen. Ich mag die Raben, die nicht zählen können und zu dreissigst, vierzigst oder fünfzigst ihr komisches Match ohne Ball innerhalb der Linien des Rechtecks spielen. Ich mag die beiden Dicken, die neulich auf den Stadionbänken schliefen, als die Kälte alle quälte, nur sie nicht. Sie schliefen dicht beieinander, hielten sich bei den dicken Händen, sie in einem grünen Mantel, er nur mit einem Pullover. Wo waren sie zu Hause, wo war ihre Wohnung. Dinge, die meine Neugier weckten. Aber eines wusste ich, wo ihre Familie war, oh ja, das wusste ich.

Philippe Dubath wurde 1952 in Morhange (Frankreich) geboren. 1962 zieht seine Familie in die Schweiz an den Genfersee. Seit 1973 arbeitet Dubath als Journalist und Fotograf für verschiedene Westschweizer Zeitungen in den Ressorts Gesellschaft, Sport und Kultur. 1999 erscheint «Chronique de la m... ordinaire» und im Jahr 2000 «Martha et autres histoires vraies». Beide bei Edition de l'Aire. Im selben Verlag erscheint 2001 «Zidane et moi». Für dieses Buch erhält Philippe Dubath 2002 den Prix Lettres Frontière.

Die Illustrationen stammen von ZIVO (Zivoslav Ivanovic). 1960 in Belgrad geboren. Er lebt und arbeitet als freier Künstler in Lausanne. Seine Werke sind Bestandteil verschiedener öffentlicher Sammlungen (Nationalmuseum Belgrad, Fondation Arp Muralto, Nestlé, Fondation Edouard et Maurice Sandoz etc.)

Der Verlag dankt der Kulturstiftung Pro Helvetia für den Übersetzungsbeitrag.

2. Auflage 2011
1. Auflage 2004

Übersetzung: Claudia Steinitz, Berlin
Korrektorat: Franziska Schwarzenbach, Zürich
Gestaltung: Dario Benassa, www.purpurnet.com
Schrift: Garamond Berthold
Druck: Friedrich Pustet KG, Regensburg

ISBN 978-3-908010-69-2